シリーズ自句自解Ⅱ　ベスト100

JikuJikai series 2 Best 100 of Masaru Nihira

仁平勝

JN252848

ふらんす堂

目次

シリーズ自句自解Ⅱベスト100　仁平　勝

花売らぬ花屋　火のなき桐火桶

1

二十一歳のとき、自己流で俳句を作り、『花盗人』という句集を出した。二十の花を題にして百句。序章は「花」で、終章は「雪」。連歌の百韻をパロって月の定座を入れ、現代風の雪月花という趣向にした。

これはその巻頭句。「役に立たないものですが」という挨拶である。ちなみに季語で「花」といえば桜だが、小さな花屋だと桜は売らない。また「桐火桶」は藤原定家の歌論書だが、どうも偽作らしい。そんな含意もある。私の稚拙な出発点として採り上げておきたい。（『花盗人』）

さればここに盗人の徘徊梅の花

2

『花盗人』を永田耕衣氏に送ったら、なんと主宰誌「琴座」の「二句勘辯」に採り上げられた。千百二十字に及ぶ書評で、私が狂喜したのはいうまでもない。そこで掲句は、こんなふうに評されている。

「先ず『梅』の第一句に／さればここに盗人の徘徊梅の花／を据えているのに度肝をぬかれた。というのは私の諧謔的挨拶の擬態にすぎぬが、『されば爰に談林の木あり梅の花』（梅翁）のパロディをヌケヌケとやって退けた野生にホホ笑まれた。」

（『花盗人』）

探偵の一寸先は闇の梅

3

「闇の梅」という季語を使ってみたかった。姿は見えないが、匂いがしてくる。そこに事件を嗅ぎつけるという探偵ごっこである。子供の頃、ラジオで放送される「少年探偵団」の小林少年にあこがれた。

「一句勘辯」では、「『探偵の一寸先は闇の梅』などに手探りで這入りこもうとする『頭脳』の狂喜ぶりが察知できる点、そこらあたりにビマンする正当陳腐な賢い俳人を衝き倒すみたいな、ガマンな野生の若さが嬉しい」と書かれている。なるほど、頭脳の狂喜ぶりか。

（『花盗人』）

蓮の香や一男去ってまた一男

4

先の句は「一寸先は闇」という諺を詠み込んだが、ここでは「一難去ってまた一難」のパロディを仕立てた。じつをいうと、蓮の香りを嗅いだことはない。でも蓮の香の香水というのがあるから、きっといい匂いなのだろう。「蓮の香」を香水と解釈すると、一句はどことなく男色のイメージを帯びてくる。

「一句勘辯」では、「簡素ながらもフシギな力感調に出ている、ある病勢を誘うほどのスコヤカサに舌鼓を打ちたい」と評されている。

（『花盗人』）

菜の花や遠き喧嘩と遠き火事

5

「火事と喧嘩は江戸の花」を下敷きにしているが、じつはもう一つ、落語の「唐茄子屋政談」に本歌がある。吉原通いが過ぎて勘当された若旦那が、叔父さんに引き取られて唐茄子の振売りに出る話だが、遠くに吉原が見える田んぼに来て、若旦那が〈菜の花やむこうに蝶の屋根が見え〉という句を口ずさむ。「蝶の屋根」とは吉原のことだ（理由はインターネットで検索できます）。

ちなみに「二句勘辯」では、「造型の苦心？　が赤裸々で安易だと思えた」と書かれたが……。

（『花盗人』）

尼寺や月澱みいる罌粟の中

6

「一句勘辯」は前の句評のあと、「しかし、そういう構想の手探りのうちに生れたと見える次の一句如きは妙に美しいのだ」と続き、掲句が特筆されている。「あるハイタイ的なエロチシズムが洒脱的な重厚味を持続していて、尼寺をこの世から隔絶せしめている感に於ける妖気ぶりに好感が持てる」というのがその評。

冒頭で述べたように百韻のパロディとしては、七つある月の座のうちの四番目にあたる。「罌粟の花」は夏の季語だから、すなわち夏の月である。

（『花盗人』）

紫陽花や色のあせたる雨男

7

色があせてきた紫陽花に雨が降りそそぐ情景を、こんなふうにヒネってみた。こういう言葉遊びには、当時から愛読していた加藤郁乎の影響がある。

「一句勘辯」では、「（この句）にひそむ諧謔の品位には、季語的発奮における停止美がイメージの休息を促していて、強いていえば『談林』の面影が圧し込まれている？」と評された。「一句勘辯」の引用ばかりで恐縮だが、なにしろ初めて作った句が永田耕衣の目に留まったのだから、それを自慢しておきたかったのです。

（『花盗人』）

坊主持ち紫陽花寺を迂回せり

8

「紫陽花」の章で、「紫陽花寺」というシチュエーションを使いたかった。境内に紫陽花がたくさん植えられている寺の呼称で、全国にあると思う。

その「紫陽花寺」に何を取り合わせるかと考えて、「坊主持ち」を思いついた。二人以上で道を歩くとき、一人が荷物をみんな持って、途中で坊さんに会うと荷物持ちを交替する遊びだ。弁天小僧が浜松屋から引き上げるとき、南郷力丸とこの遊びをする。荷物を持たせている側とすれば、紫陽花寺は迂回したほうがいい。

（『花盗人』）

風花の天しんしんの百叩き

9

『花盗人』の百句目（つまり挙句）である。冒頭に書いたように最終章は「雪」。雪は六花とも呼ばれる冬の華だ。八句のうち、一句目は〈いざさらば花吹雪まで凍死行〉。芭蕉の〈いざさらば雪見にころぶ所迄〉の本歌取りで、「凍死行」は「逃避行」のもじりである。

「雪」という花で始まり、「花」という雪で終わる趣向で、最後は「風花」の句にした。「百叩き」とは、べつに江戸時代の刑罰ではない。この句集はきっと句の数だけ叩かれるだろうという、自虐的な洒落です。（『花盗人』）

アドバルン墜つ少年のくに空位

10

『花盗人』を出したことがきっかけで、同人誌「豈」（発行人・攝津幸彦）と「未定」（発行人・澤好摩）に参加することになった。第二句集『東京物語』には、それ以降の句を収めている。季語を入れることにはこだわらなかったので、無季の句も多い。

アドバルンが空から消えた頃、少年時代も終わった。でも私が王様だった「少年のくに」は、まだ脳裏に残っている。その風景を俳句に詠もうと思った。『東京物語』は、全体がノスタルジアの句集である。

（『東京物語』）

酔うほどに立往生の荒神輿

11

いつのまにか神輿は、全員が進行方向を向き、ソイヤという掛け声で担ぐようになった。私はその新バージョンが好きになれない。本来は、担ぎ手がみな外側を向いて、ワッショイという掛け声で担ぐものだ。

本来の担ぎ方だと、そう簡単に前には進まない。途中で休憩すると、そのたびに酒が振舞われるので、だんだん酔いが回ってくる。するとみんなが神輿に寄りかかる状態になって、ワッショイという掛け声ばかりで「立往生」してしまう。それが神輿の醍醐味だった。（『東京物語』）

童貞や根岸の里のゆびずもう

12

「根岸の里の侘住居《わびずまい》」という言葉がある。これを俳句の中七下五にして上五に季語をつけると、「初雪や」でも「行春や」でも「名月や」でもそれなりの俳句になる（月並だけど）。では、どうすれば月並でない俳句になるか。

この「侘住居」を、地口（語呂合わせ）で「ゆびずもう」に変えたら、「童貞や」という上五が浮かんだ。根岸は子規が住んだ所だから、「童貞」には子規のイメージがある。もしかしたら、妹の律と指相撲に興じたことがあったかもしれない。そんな想像も悪くない。（『東京物語』）

片足の皇軍ありし春の辻

13

戦後しばらくの間、街角に立って物乞いをする傷痍軍人をよく見かけた。兵隊の帽子に白衣というスタイルで、サングラスをかけたり、義手や義足を付けたりして、アコーディオンを弾いている者もいた。

大島渚のテレビ・ドキュメンタリー「忘れられた皇軍」（一九六三年放映）によれば、日本政府から補償を受けられない在日韓国人が、傷痍軍人会を組織していたという。酒を飲んでは軍歌を歌い、やがて激しい口論になる。そんなシーンが哀しく印象的だった。

（『東京物語』）

負け知らずメンコの東千代之介

14

子供の頃、毎日のようにメンコをして遊んだ。丸いメンコもあったが、主流は小さな長方形のもので、主に時代劇映画の俳優の写真が印刷されていた。

時代劇といえば東映で、片岡千恵蔵、市川右太衛門、中村錦之助、大川橋蔵、大友柳太朗といったスターがそれぞれ主役を張っていた。東千代之介も人気のある美男俳優だったが、主役がなくいつも脇役だった。でも、メンコだけは「負け知らず」なのだ。というのは事実ではなく、この二流スターへのオマージュである。

（『東京物語』）

初恋は色水を飲む役どころ

15

この句には筑紫磐井の名鑑賞があるので（邑書林『仁平勝集』所収）、それをまるごと引用する。

「ままごとで花を絞ったり、色紙をちぎって浸して水を作ることはよくやった記憶がある。相手方の小娘に、さあ飲んでと言われてとまどう作者なのだが、憎からず思っているから当惑も喜びの一種だ。（この娘、やがて苦界に身を沈め、）久しぶりに出会った嬉しさで作者は幼なじみとして心中の相談を持ちかけられ、石見銀山の入った杯を前に、さあ飲んでと言われた心境にも似ている。」

（『東京物語』）

初夏の白きシーツを泳ぎ切る

16

子供の頃、よく布団の上で水泳の真似をした。どうして布団を水に見立てたのか、いま考えてもよくわからないのだが、畳とは違った柔らかい感触が、子供の想像力を膨らませたのかもしれない。弟と二人でシーツをクシャクシャにして、そのたび母に叱られたものだ。

泳げるようになったのは、たしか小学四年生くらいだと思うが、クロールだとうまく息継ぎができず、もっぱら平泳ぎで泳いでいた。けれども布団の上では、いつもクロールで、息継ぎもうまくいったのである。

（『東京物語』）

火鉢抱く祖父の怒りは無尽蔵

17

同居していた祖父は、実際には父の叔父で、子供がいないので父を養子にしたのである。父が早く死んだこともあって母とは仲が悪く、よく言い争いをしていた。子供心に、祖父が早く死ねばいいと思った。

冬はたいてい火鉢に当たって、ときにブツブツひとりごとをいいながら、灰ならしを持って火鉢の灰をならしていた。そこで祖父は、自分の怒りをいつも灰の中に埋めていたのかもしれない。大きな火鉢なので、その収容量はきっと「無尽蔵」だったにちがいない。（『東京物語』）

文盲の祖母は振子とともに哭く

18

祖父の連れ合いである祖母は、子守り奉公に出されて学校に行けなかった人で、読み書きができなかった。私が小学生のとき、なにかの理由で学校を休み、友達が翌日の時間割を教えに来た。家にいたのは祖母だけで、孫のためになんとかそれを書きとり、あとで見せてもらったら、算数が「３ス」と書いてあった。

「学問さえあれば偉いお祖母ちゃんなんだがなぁ」と、祖母が私にこぼしたことがある。孫はうまく答えられず、しばらく柱時計の振子の音を聞いていた。

（『東京物語』）

風鈴がが残りねえやが入替る

19

奥野健男が『ねえやが消えて』という本に書いているように、むかしはごく普通の家にもねえやがいた。私の家は個人経営の製麺所（つまり中産下層階級）だったが、母を手伝う働き手が必要なこともあり、田舎から親戚の娘が住み込みで来た。中卒だったたと思う。

長くいた最初のねえやが嫁にいって、二人目が来た。映画好きで裕次郎のファンだったたが、男ができたらしいというので田舎に帰され、代わりに三人目が来た。やがて夏になり、去年と同じ風鈴が吊るされた。（『東京物語』）

障子戸のすべる迅さや冬隣

20

これはノスタルジアではない。ある人から「伝統俳句だね」といわれ、ふーん、伝統俳句というのはこういうものなのかと思った。「伝統俳句」だからか、ラジオで採り上げられたことがある。「ラジオ深夜便」の「きょうの一句」だったかもしれない。その放送は聴いていないが、依頼を承諾した記憶がある。

「伝統俳句」だとしても、写生句というわけではない。冬が近づいてくると、なんとなく障子戸のスベリがよくなるような気がしたのである。

（『東京物語』）

降る雪や厠が近くなりにけり

21

いうまでもなく草田男の名句のパロディ。寒い日はトイレが近くなるが、それは生まれた時代が遠くなった老いのせいでもあり、「明治は遠くなり」という原句の主題に通じている。たまたま正木ゆう子に披露したら、「ホントに句集に入れるの？」と呆れられた。

パロディは得意である。波郷の〈霜の墓抱き起されしとき見たり〉から、〈下《しも》の世話抱き起されしとき見たり〉という介護の句を作ってみたが、顰蹙を買いそうで未発表のままだ。ここで本邦初公開です。

（『東京物語』）

手がつきて泣きのねえやは鏡里《かがみさと》

22

昭和三十年頃、隣の床屋の白黒テレビで相撲を見始めた。その当時の力士の四股名を、地口で詠み込んだものだ。十二句ほど作り、これはその一句目。鏡里は、最初に好きになった横綱である。

かなり入り組んだ言葉遊びで、旦那の手がついたねえやが里を恋しがって鏡の前で泣いている、といったストーリーになる。と同時に「手がつきて」は、土俵に手をついて負けたということだ。念のために付け加えておくと、この「ねえや」は全くのフィクションです。

（『東京物語』）

船を待つ身空に靴が鳴《な》門《る》海《と》

23

その連作から、もう一句挙げておく。文部省唱歌「靴が鳴る」から、「晴れたみ空に靴が鳴る」という歌詞を拝借して、それを「鳴門海」につなげた。上五の「船を待つ」は、逆に「海」からの連想である。鳴門海は、いちども三役に上がれず平幕で引退したが、鏡里にはめっぽう強く、「鏡里キラー」の異名があった。

ほかに〈老残の花咲かむ日を松登《まつのぼり》〉〈色男金はなくとも吉葉山《よしばやま》〉といった句がある。松登は遅咲きの大関、吉葉山は美男の横綱だった。

（『東京物語』）

貸間あり器量のわるき猫も恋

24

かつて「貸間あり〼」という札を掛けた家がよくあった。〼はマスと読む。私が中学生の頃、大学を卒業した従兄が就職のため上京し、近所の貸間に下宿した。いま思えば、三畳の狭い部屋だったが、それでも自分だけの空間があるのが羨ましかった。

「器量」とは才能なり人徳を意味する言葉だが、「器量が悪い」といえば容貌のことだ。むかしは娘の器量が悪いと、中流家庭では「女学校に行かせるしかない」といわれたそうだ。猫の恋にそういう心配はない。

（『東京物語』）

目で殺す縁は越中富山より

25

「大阪本町糸屋の娘／姉は十八妹は十五／諸国大名は弓矢で殺す／糸屋の娘は目で殺す」という俗歌がある。起承転結の例で（「諸国大名は……」が転）、頼山陽の作ともいわれる。「目で殺す」はいい女ということだ。

子供の頃、富山の薬売りが家に来ていた。木箱に薬を置いていって（熊参丸《ゆうじんがん》が常備薬だった）、次に来たとき、使ったぶんだけ金を払う。オマケに四角い紙風船をくれた。来ると世間話をしていたが、聞くところでは、遠方からの縁談を持ってくることもあったらしい。

（『東京物語』）

畳屋の青女房を裏返す

26

何々屋というのを題にして二十句作った。そのうちの一句である。当時の私は、写生句には興味がなく、また、前衛俳句のような句にも反発していた。

青女房とは身分の低い女官のことだが、畳の青さから連想して、畳屋の女房をそう呼んでみた。畳の張替えは、畳表を裏返して張り直すから、「青女房」も裏返すと、また新鮮に感じるかもしれない。遊郭で「裏を返す」といえば、同じ花魁をもういちど指名することだ。そこから派生して、恩返しをするという意味もあるらしい。

（『東京物語』）

仕舞屋のしまい忘れし猫の皿

27

何々屋のシリーズは、ほかに〈葬儀屋を花であしらう春一番〉〈薬屋の食後三回二枚舌〉〈国旗屋も朱に交われば海へ散る〉などがある。どうやってそのシリーズを終えようかと考え、「仕舞屋」を思いついた。

仕舞屋とは商売をしていない家のことだが、この句では猫を売っている。というのは作者の勝手な謎かけで、落語の「猫の皿」にその答えがある。それを説明する紙数はないので、知らない方は聴いてみてください。この皿は初代柿右衛門なのである。

（『東京物語』）

汗の引くまで零戦を見てをりぬ

28

第三句集『黄金の街』から、無季を封印して、表記を旧仮名に変えた。嗜好の変化である。

靖国神社の遊就館に展示されている零戦を見て、しばし愕然とした。ペナペナの機体で、まるで大きな模型である。機体を軽くするため機器類をできるだけ減らして、少ない燃料で長距離を飛べるようにしたという話を本で読んだ。機器類を最小限にすれば、そのぶんパイロットの腕に頼ることになる。それこそ大和魂だけで戦争していたようなものだ。無謀というほかない。

（『黄金の街』）

海ゆかばむかしのやうに海の家

29

信時潔の「海ゆかば」はつくづく名曲だと思う。戦時中はラジオの戦死広報の前に流されたそうで、「大君の辺にこそ死なめ」という歌詞からも、戦後は軍国主義の象徴のように扱われてきた。しかしそれは軍部の戦略であって、この曲の価値とは関係ない。

掲句は、その不運な名曲をパロディによって復活させた。海の家には、なんら政治的な思惑がない。あるのは青春時代の思い出で、高校生のとき彼女と海水浴に行って、たしかそこで焼きそばを食べたっけ。

(『黄金の街』)

秋の夜のサマータイムを聴いてをり

30

ガーシュイン作曲の「サマータイム」は、そのタイトルに拘《かか》わらず、秋の夜によく似合う。ジャズのスタンダードとして、その演奏は数知れない。

エラ・フィッツジェラルドとルイ・アームストロングの名演（『ポーギーとベス』）がある。サラ・ボーンなら『アーリー・デイズ』、ヘレン・メリルなら『チェイシン・ザ・バード』で聴ける。また、マイルス・デイビスの『ポギー&ベス』で、彼のミュートの利いたトランペットを秋の夜にしんみりと聴くのもいい。（『黄金の街』）

攝津幸彦逝く

秋天に白球を追ひ還らざる

31

一九九六年、四十九歳で攝津幸彦が逝った。大井恒行、筑紫磐井、酒巻英一郎と一緒に見舞いに行った直後のことだ。別れ際に「あと五年は生きたいな」といっていたが、そんなに深刻な症状とは思わなかった。

阪神タイガースの大ファンだった。子供の頃、父親と見に行った試合で、「藤村富美男のファールフライが美しかった」そうだ。一九八五年に阪神が優勝したときの喜びようはいうまでもない。きっとあの世まで、藤村富美男のファールフライを追って行ったのだ。（『黄金の街』）

難解は有難味なり胡桃割る

32

学生の頃は、難解な本に価値があるような気がしていた。ヘーゲルの『精神現象学』は樫山欽四郎（女優樫山文枝の父君です）の訳で読んで、さっぱり分からなかったが、哲学書だから難解なのは当然だと思った。あとになって考えれば、ようは翻訳が悪かったのである。訳すのは翻訳家ではなく哲学者だから無理はない。のちに長谷川宏の訳が出て、分かりやすいと評判になった。

俳句でも、かつて前衛俳句というのがあって、難解なことが有難味のように思われていた。

（『黄金の街』）

あしびきの山《やま》手《て》線より初景色

33

東京の中心部を走る山手線を、私の親の世代はヤマノテセンと呼んでいたが、戦後それをヤマテセンと呼ぶようになった(「の」が入っていないからだろう)。けれども、それがまたいつのまにか、ヤマノテセンに戻っている。つまり山手線をヤマテセンと呼ぶのは、団塊の世代を中心としたきわめて限られた世代なのだ。

句集に「世代論」という章を設けているが、これはその章のために わざわざ作った句だ。ちなみに「あしびきの」は、「山」に係る枕詞である。

(『黄金の街』)

論争の黄金《ゴールデン》の街《がい》明易し

34

句集のタイトルにした「黄金の街」とは、新宿の「ゴールデン街」を和訳したものだ（名訳でしょ）。昔からあるこの飲み屋街では、仲間だけでなく周りの客も帰ろうとしないので、気がつくともう終電がない。私はそれほど酒が強くないのだが、仕方なく始発まで付き合うことになる。まだ若かった頃（三十代かな）の話だ。

そこでよく論争をした。小津安二郎と黒澤明の優劣について、または二・二六事件の賛否について。いまはもうそんなことで夜を明かす気力はない。

（『黄金の街』）

炎帝のむかし氷屋鋸を引き

35

電気冷蔵庫が普及する前は、氷は氷屋で買った。木製の冷蔵庫というのはあったが、それも氷を入れて冷やすのである。氷屋は熱い日には氷をリヤカーに積んで外に売りに出た。客が来ると、何貫目ほしいかを訊いて、大きな氷を鋸で切り分ける。そのとき氷のしぶきが、これまた涼しかった。そういう郷愁には、「炎帝」という古めかしい季語がふさわしい。

氷屋は、冬は炭屋になった。季節によって商売を変えるというのも、古きよき時代である。

（『黄金の街』）

夏休み親戚の子と遊びけり

36

夏休みに遊びに行くような親戚は、親同士はきょうだいでも、子供にしてみれば、ふだん会わない人たちだから、けっして居心地がよくはない。まして「親戚の子」は、ほとんどよその子と同じである。

なのに親は、その子と遊ばせたがる。むこうが年上だと「お兄ちゃんに遊んでもらいなさい」などという。友達でもない子と仲良くするというのは、子供にとって大変なミッションになる。だから「親戚の子」と遊んだ夏休みは、あまり楽しい思い出ではない。

（『黄金の街』）

叔父といふ人が西瓜を提げて来し

37

これも子供の頃の思い出だが、あるとき見知らぬ人が訪ねて来て、母が「叔父さんだよ」といった。母が親戚付き合いを好まなかったのか、私は親戚をほとんど知らない。母方のいとこはよく遊びに来たが（その一人は最初のねえやです）、あとは父の法事のときに来て、「大きくなったなあ」といって帰っていく人たちだ。

むかしは土産というと、よく大きな西瓜をまるごと提げてきたものだ。冷蔵庫などなかったから、当時裏庭にあった井戸でそれを冷やして食べた。

（『黄金の街』）

冬の日の大道芸のナイフかな

38

大道芸というのは、時代とともに廃れると思えたが、いまも公園や歩行者天国でたまに見かける。生活のためではなく、パフォーマンスなのだろう。

フェデリコ・フェリーニの映画『道』は、大道芸人のザンパノと、彼に金で買われたジェルソミーナの哀しい物語である。ザンパノには、体に巻き付けた鎖を筋肉で切るという芸しかない。それでいつまで食いつなげるのか。ニーノ・ロータの名曲「ジェルソミーナのテーマ」は、いつ聴いてもつい涙が出てきてしまう。（『黄金の街』）

終点の上野に春のホームあり

39

銀座で句会をやっていた頃、私はＪＲ高崎線でまず上野に出る。上野が近づくと、「次は上野、上野、終点の上野です」という車内放送が流れた。そして駅に降りると、そこに春のホームがあった。その場でできた即席の句だが、句会ではけっこう好評だった。

むかし春になると、集団就職の若者たちが東北から出て来て、まず上野駅に着く。この句はそういう情景として解釈された。作者自身にも、いくぶんそんな計算があったのだが、そこが俳句の面白いところだ。

（『黄金の街』）

春愁の顔を素敵といはれたる

40

白状すると、実際にそういわれたわけではない。「目病み女に風邪引き男」という言葉がある。眼病で目のうるんでいる女と、風邪を引いて声がかすれている男は色っぽいということだ。ならば春愁の男もそう見えるかな、といった妄想である。

〈男なれども春愁の髪を切る〉という句もあるが、とくに三月と四月は何かと忙しく、私はいつだって「春愁」なのである。そのうえ「春の風邪」でも引いた日には、と俳句の妄想は留まるところを知らない。

（『黄金の街』）

お待たせといひて日傘をたたみたる

41

俳句は省略の文芸である。外山滋比古の『省略の文学』では、切字が省略を可能にするように書かれているが、省略の芸はそんな単純なものではない。

たとえばこの句。主語が省略されているが、妙齢の女性であることは見当がつく。「お待たせ」というのだから、待ち合わせだろう。しかも日傘をたたむのだから、そのまま歩いて行くのでなく、どこか建物の中に入るわけだ。それはどういう場所で、そこで何をするのか。そこから先は読者の想像に任せることになる。

(『黄金の街』)

別れるの別れないのと冷奴

42

もう一句いってみようか。この句にも主語がない。誰が「別れるの別れないの」といっているのか不明だが、男女の別れ話であることは容易に分かる。そして「冷奴」とくれば、おおかた酒の席だろう。

作者は当事者ではなくて、別れ話の聞き役なのかもしれない。この句では、それはどっちでもいい。そして「別れるの別れないの」という場合、まずその男女は別れないのである。だから作者が聞き役であれば、かなりウンザリしているにちがいない。

（『黄金の街』）

つくらぬと決めて子のなし七日粥

43

私はいわゆるバツイチだが、前の女房にも今の女房にも子供がいない。学生の頃に愛読していた埴谷雄高が、子供を作らないという意志をどこかで述べていて、それに共鳴した記憶もある。どちらの女房も子供は要らないという考えだったから、私が我を通したわけではない。

年をとったらどうする、とよくいわれたが、子供が親の面倒を見てくれるという保証はない。それより自分の時間を大事にしようと思った。実際に年をとったが、二人だけで食べる七日粥もまたオツなものだ。（『黄金の街』）

アメリカの歌をうたひて昭和の日

44

私たちの世代は「アメリカの歌」を聴いて育った。「東芝ヒットパレード」というラジオ番組があって、私はそれを小学六年生くらいから聴いていたと思う。ニール・セダカ、ポール・アンカ、コニー・フランシスなど、いわゆるアメリカン・ポップスである。

その日本語バージョンを日本の歌手が歌うようになり、コニー・フランシスは中尾ミエや弘田三枝子がカバーした。「可愛いベイビー」や「バケーション」はいまでも歌える。戦後の「昭和」である。

（『黄金の街』）

校門にかまぼこのゐる小六月

かまぼこ＝機動隊の輸送車

45

私が一浪して大学に入ったのは一九六九年で、いわゆる学園紛争の最中である。もう終盤に入っていたが、入学した中大はバリスト（バリケード・ストライキの略）のために、一学期はまるまる授業がなかった。

機動隊が導入されてバリストが解除されると、今度は大学側がロックアウトする。授業が始まっても、校門にはたいてい「かまぼこ」が並んで待機していた。「鬼の四機《よんき》」と呼ばれる第四機動隊が出動してくると、「かまぼこ」の数が増えて、いささか面倒なことになる。

（『黄金の街』）

どこの大学にもいた

ナジャと呼ばれてセーターのいつも黒

46

アンドレ・ブルトン著『ナジャ』にちなんだ綽名で、嵐山光三郎の『口笛の歌が聴こえる』より、そう呼ばれていた女子学生の「三十四条件」を抜粋する。

「美人であること（これ絶対）／スポーツ音痴、とくに野球がわからない／酒飲み、とくにハイボール／煙草を吸う／サルトルを読んでいても、理解していない／概して黒系統の服を好む／青山の草月会館の催物へ行く／気がむけばやらせてくれる／他の女をバカにしている／ときどき行方不明となる」等々。

（『黄金の街』）

風花と思へばロンド・イ短調

47

モーツァルトの「ロンド・イ短調」は、とりわけ好きなピアノ曲だ。哀愁のある美しいメロディを聴きながら、ふと風花の像が浮かんだ。この曲はあまり感情を入れずに、淡々と弾くほうがいい。風花を感じさせてくれたのは、たしかギーゼキングの演奏だと思う。

この句は字義通り解釈すると、「風花だと思ったらロンド・イ短調だった」という意味になるが、そんな勘違いは実際にはありえない。すなわち俳句的なレトリックで、私が感じたことを逆にしたのである。

(『黄金の街』)

独り寝や蚯蚓鳴くとはこのことか

48

女房が入院したときの句だろうか。私は俳句の仕事で外泊するときも、できるだけ女房を連れていくので（一人では何もできない、という悪評が立っているようだ）、「独り寝」は滅多にない。

茅根知子が『黄金の街』の書評で、「〈蚯蚓鳴く〉の俳句を毎年作りたいと思いながら、できないまま秋が終わる。掲句を読んで、こんなふうに素直に詠めばいいのか、と目から鱗がボロボロリの思いである。」と書いてくれた。自分でも下五が気に入っている。

（『黄金の街』）

我思ふ故に湯冷めして我あり

49

デカルトの有名な命題に、「湯冷めして」を挿入した。そうすると「我思ふ」に、思いにふけるといったニュアンスが出てくる。秋には「秋思」という季語があるが、その冬バージョンと思ってもらえばいい。

五八四の破調である。破調も定型のうちだから、どこかで五七五のリズムを維持したい。方法はいろいろあるが、このばあいは、中七が字余りになるぶん下五を字足らずにして、全体を十七音に収めている。

（『黄金の街』）

銀座和光前で春一番に逢ふ

50

これも破調の句だが、前の句ほど破調のリズムを感じさせない（と思う）。それは無意識に「ギンザワコー／マエデハルイチ／バンニアウ」と読まれるからだ。読み手の頭で五七五のリズムが自然に働き、上五が字余りで中七以下が句またがりのようになる。散文と同じ文体で、五七五に読める句を作ってみたかった。

ちなみに前の句は「…ユエニユザメシ／テワレアリ」とはまず読まれない。五七五のリズムより、意味の方が強くなるからだ。私なりの破調論である。（『黄金の街』）

暗くなるまで夕焼を見てゐたり

51

これは破調ではなく、句またがりである。つまり中七にまたがる「暗くなるまで」という意味より、五七五のリズムのほうが強い。作者としても、「クラクナル／マデユウヤケヲ…」というふうに読んでほしい。〈夕焼を暗くなるまで見てゐたり〉とすれば句またがりにはならない。句またがりにしたのは、「暗くなる」の後に無意識の小休止が入ることで、夕焼けを見ている時間の長さが表現されるのを期待したからだ。いいかえれば、俳句にも抒情がほしかったのである。（『黄金の街』）

十一月の窓際に通されし

52

ホテルに泊まって、朝食のバイキングに行ったら、窓際の席に通された。外の景色が見えるということで、むろん良い席に案内してくれたのだが、後になってふと、「窓際族」という言葉が浮かんだ。

そこに「十一月」という初冬の季語を配し、「の」という助詞で「窓際」に結びつけてみた。いよいよ寒くなる季節の窓際となると、その景観とはまた別のニュアンスが出てくる。これは「ジュウイチガ／ツノマドギワニ」とは読めないので、七五五の破調になる。

（『黄金の街』）

もういちど吹いてたしかに秋の風

53

銀座を歩いていて、ふと口をついて出た句だ。あれっ、夏の風とは違うな、と思ったのである。「二度見」という言葉があるけれど、はじめて秋の風を感じるときは、それと似ているかもしれない。

藤原敏行の〈秋来ぬと目にはさやかに見えねども風の音にぞおどろかれぬる〉という歌はよく知られているが、古今集の時代にも、秋が来るのは目には見えず、風で分かるということに気づいた人がいたわけだ。この名歌を、遠い本歌と考えてもらってもいい。

（『黄金の街』）

終電といふ秋の灯のなかにをり

54

夜景というのは、ようするにビルなり家がそれぞれ、仕事や生活のために灯りをつけているだけのことだ。それを人々は外側から、美観として観賞している。屁理屈をこねているわけではない。灯りに対する私たちの感受性を考えてみたのである。

たとえば終電を見て、「秋の灯」の情緒を感じたりする。そしてあるとき、自分が終電に乗っていて、これは外から見ると「秋の灯」なのだと思った。それで一日の疲れが癒されることもある。

（『黄金の街』）

数へ日のどこに床屋を入れようか

55

正月を前にして、床屋に行かないといけない。それで手帳の予定を見ながら、「どこに床屋を入れようか」と考えている。たんにそれだけの話だ。

私はつねづね、俳句的喩というものを考えている。これといった定義はないのだが、たとえば日常ごく普通に使われている言葉が、俳句という定型に収められると、ある比喩的な効果が生まれるように思う。この句でいうと、数え日のどこかに入り込もうとしている小人さんが見えてくればいいのだが。

（『黄金の街』）

節分の元色町を通りけり

56

この「元色町」は、新宿の歌舞伎町である。昔のいわゆる青線（非合法の売春地帯）で、ゴールデン街の辺も青線だった。「節分」とは何の関係もない。たまたま節分の日にそこを通ったのである。

江戸時代、甲州街道の最初の宿場は高井戸だったのを、日本橋から遠いので途中に新しい宿場を作った。それが内藤新宿（つまり新宿）である。けれども日帰りが可能な宿場だと、そこは必然的に色町になる。飯盛女という名目で遊女が置かれるからだ。

（『黄金の街』）

築地から銀座へ抜ける日永かな

57

糖尿病になってから久しい。「件」の仲間である細谷喨々（亮太）さんが、聖路加病院で後輩の医師を紹介してくれて、二ヶ月に一度そこに通っている。

運動しろといわれても、普段なかなかできないので、春の暖かい日に、診療の帰りに何度か銀座まで歩いたことがある。聖路加病院から真っすぐの道で、ちょうど銀座二丁目の交叉点に出る。途中で古本屋に寄ったりして、四丁目の山野楽器でCDを買って帰る。もっとも近頃は、そういう散歩もなかなかできなくなった。

（『黄金の街』）

本郷もかねやすまでの夕立かな

58

「本郷もかねやすまでは江戸の内」という。「かねやす」は江戸時代の小間物屋で、いまも本郷三丁目の交差点角にある（でも、もう営業していないらしい）。江戸というのは、けっこう狭かったのだ。

インターネットでこの句を、「裾をたくし上げて突っ走る若衆、尻を絡げて駆け出す町衆、半開きのからかさの中に頭を突っ込んで小走りする粋筋など、浮世絵の中で親しんだ人物が動きだし、雨音までが聞こえてきそうだ」と評してくれた方がいる。嬉しい名鑑賞です。

（『黄金の街』）

婆さんを叱る爺さんあたたかし

59

道を歩いていて、そんな場面を見かけた。婆さんが爺さんを叱るのでは、あたたかくない。

小津安二郎の『東京物語』は、老夫婦が荷造りをするシーンで始まる。婆さんが、空気枕を入れたかと訊くと、爺さんは、空気枕はお前に頼んだと答える。「ありゃんせんよ、こっちにゃ」という婆さんを、爺さんは「ないことないわ。よう探してみい」と叱り、その直後に「あぁ、あったあった」という。でも爺さんは謝らず、婆さんも怒らない。それがあたたかい。

（『黄金の街』）

清貧は思想にあらず蝸牛

60

中野孝次の『清貧の思想』という本があった。私は買わずに立ち読みしたが、西行、兼好、芭蕉を採り上げて「清貧」はないだろう、と反発した覚えがある。一方、太宰治の「清貧譚」は、作者自身の戯画でもある主人公の清貧主義が、隣人の生活意識によって敗北させられる話だ。これはなかなか感動的である。

掲句は丸谷才一氏が毎日新聞の短評で、〈アメリカの歌をうたひて昭和の日〉の句と併せて「何だか変に意地が悪くて笑わせる」と書いてくれた。

(『黄金の街』)

暖房の効きすぎてゐる演歌かな

61

カラオケ・ルームで演歌を歌っている場面でもいいが、同時に「暖房の効きすぎてゐる」は、比喩として「演歌」に係る修飾語になる。
「演歌」とは元来、明治の自由民権運動で登場した「歌による演説」のことで、現在の意味で使われ出したのは一九六〇年代の後半である。輪島裕介著『創られた「日本の心」神話』にそう書いてあり、私の記憶もそれに合致する。そこに日本人の心があるといわれると、暖房の効かせ過ぎという感じになる。

（『黄金の街』）

古書店のあるじが永き日だといふ

62

学生の頃、日曜日などに弟と連れ立ってよく古本屋巡りをした。私の大学（中大）は神保町に近いが、二人で行くのはもっぱら早稲田の古書店街だった。途中で別々になり、それぞれが本を買ってから、当時高田馬場にあった「純喫茶白鳥」で落ち合う。

古書店のあるじが、「日が永くなりましたね」などという。たいてい一日中座っているのだから、なおさらそう感じるだろう。会社に就職したくなかったので、古本屋もいいかな、と思ったことがある。

（『黄金の街』）

白髪の宇多喜代子にも夏の月

63

宇多喜代子に〈白髪の天皇にこそ夏の月〉という句がある。晩年の昭和天皇を詠んだもので、名句だと思う。それを本歌にして、宇多喜代子への贈答句を作った。

宇多さんとは『花盗人』を出した直後に出会い、以来もう四十年近く、勝手に「姉御」と呼んで慕っている。私はいわゆる駆け出しの頃、よく他の俳人や俳文学者を批判したが、鈴木六林男氏や乾裕幸氏を批判して相手を怒らせたときは、「お前さんの書くことは真っ当だけれど、一言多いんだよ」と姉御に叱られた。

（『黄金の街』）

着膨れの黒田杏子にぶつかりぬ

64

これも人名を詠み込んだもの。黒田杏子の〈着ぶくれてよその子供にぶつかりぬ〉という句に対して、その「よその子供」は私でした、という挨拶句である。

黒田さんにぶつかったのは、中村苑子さんが企画した高柳重信の墓参りのときだ。その直後に、黒田さんが立ち上げた超結社の句会に呼ばれた。当初のメンバーは、ほかに阿部完市、今井杏太郎、榎本好宏、大串章、棚山波朗、細谷喨々、岸本尚毅の各氏である。その句会が、のちに「件」という同人誌になった。

（『黄金の街』）

今井杏太郎に師事

老人を起して春の遊びせむ

65

杏太郎先生との出会いは、黒田さんたちとの句会である。あるとき「仁平さんは冷やかしで俳句やってるの?」と訊かれ、「いいえ、真面目にやってます」と答えると(そう答えるしかないが)、「じゃあ『魚座』に来なさいよ」といわれた。

掲句は、〈老人のあそびに春の睡りあり〉という杏太郎の句を踏まえたもので、最初の句会に挨拶として出した。本歌のある挨拶句を続けて採り上げたが、本歌取りも挨拶も、俳諧の本質である。

(『黄金の街』)

132 − 133

たとへばのはなし素甘は春の味

66

あるとき飯田晴さんから、「仁平さんの前世は素甘だと思う」といわれた。「魚座」の女子会（？）で、誰々の前世は何かといった話題になり、私の前世は、そこで「素甘」と決まったらしい。なので「魚座」の句会に、晴さんへの挨拶として掲句を出した。

「素甘は春の味」だけでは俳句にならない。俳句は音数律の定型詩であり、「たとへばのはなし」で五七五の音数律が整う。杏太郎先生はしばしば、「俳句は引き算ではなく足し算だ」といっていた。

（『黄金の街』）

風のよく通るところに竹婦人

67

竹婦人というのを使ったことはないが、こういうものはなんとなく、縁側の隅に立てかけてあるような気がする。杏太郎先生が「魚座作品抄論」に採り上げて、「そういえば、風も通らないようなところにいるご婦人に、お目にかかったことはない」と書いているので、まんざら的を外してはいないと思う。
　竹の抱き枕を婦人（夫人）に見立てる発想はなかなか微笑ましいが、この季語が使われるときは、たいていそこに女性のイメージが折り込まれている。

（『黄金の街』）

踏切に秋の踏切番がをり

68

むかし踏切には踏切番がいた。踏切の横に小屋があり、そこで大きなハンドルを回して遮断機の上げ下ろしをする。小学校の通学路に一つ踏切があった。夏休みが終わって二学期が始まったとき、踏切番のおじさんに声をかけられて嬉しかった思い出がある。

つまり秋の踏切を詠みたいのだが、「秋」をどこに入れるかが俳句の芸になる。「秋の踏切」では面白くないので、「秋の踏切番」とした。それでうまく五七五に収まる。こういう「の」は散文では使えない。（『黄金の街』）

節つけて名を呼ぶ子らの声涼し

69

私が子供の頃、友達と遊びたくて家まで誘いに行くときは、外から「何々ちゃーん」と節をつけて呼んだ。今ではもうしないと思っていたら、あるとき近所から、同じように呼ぶ声が聞こえてきて、懐かしい気分になった。たぶん母親が引き継いできたのだろう。

用事があったりすると、「あーとーで」（つまり「後で」）とこれも節をつけていう。喧嘩した後などに「あーとーで」といわれると、まだ怒っているのかなと思う。そういうときは、後になっても出てこない。

（『黄金の街』）

夫婦して煤逃げといふ離れわざ

70

年末に「煤逃げ」と称して、「件」の仲間と一泊旅行をしたことがある。季語はすべて体験するという信条の黒田杏子さんも、「煤逃げ」は初めてだといっていた。私はそこに女房を連れて行ったのです。

掲句は、そのときの句会で出したものだ。「煤逃げ」というのは年末の煤払いを避けて外出することだから、夫婦して煤逃げとなれば「離れわざ」に違いない。黒田さんがこの句を大いに気に入って、何年か後、二度目の煤逃げのときもそれを話題に出してきた。

（『黄金の街』）

輪飾をして御不浄といふところ

71

便所には古来「厠」「雪隠」「手水場」などいろいろな呼称があるが、祖母は「はばかり」と呼んでいた。口にするのを憚るということか。「御不浄」という味のある呼称も、「はばかり」とともに死語である。

現在のわが家では、もう正月の飾付けなどしないが、むかしは母がいろいろな場所に輪飾りをした。子供の頃、なぜ便所にもするのかと訊くと、そこに神様がいるからだという。だから「不浄」に「御」がつくのだろうか。便所の神様は女神で、目が見えない。

(『黄金の街』)

七福神詣はじめは鬼門から

京都で七福神詣をしたことがある。元日の一日だけで済まそうという計画で、予約しておいたMKタクシーの運転手に、午後三時過ぎの新幹線で帰りたいけど可能かと訊いてみると、「そりゃあ縁起がいいですね。ぜひやらせてください」と乗り気になった。

鬼門からということで、まず赤山禅院（福禄寿）に向かい、最後は東寺（毘沙門天）で終わる。東寺なら残しておいてもいつでも来られるという運転手の配慮だが、結果は東寺にも間に合い、見事に完遂したのである。

（『黄金の街』）

元日のもう夕めしになつてをり

73

元日というのは特別な一日（の筈）であり、じっくりその雰囲気を味わいたいのだが、子供の頃に比べると、あまり特別な感慨がない。初詣に行って帰ってきて、年賀状を書きながらボーッとテレビなど観ていると、あっという間に夕飯になってしまう。そんな感覚を表すとなると、上五が「元日や」にはならない。

たしか「件」の句会だったか、芥川龍之介の〈元日や手を洗ひをる夕ごころ〉に似ているといわれた。うーん、ちょっと違うと思うけど。

（『黄金の街』）

買初のどれも小さきものばかり

74

ずっと夫婦二人だけの生活なので、いつからか大晦日と元日は旅館なりホテルで過ごすことにした。以前は京都に行ったりしたが、近頃はもっぱら都内のホテルである。これは浅草に泊まった年の句だ。

浅草寺の初詣は、午前零時から三時くらいまでが最初のピークで、午前五時あたりに行くと楽に参拝できる。そこで「買初」となれば、さしずめ御守くらいしかない。七福神の人形も買った。あとは仲見世通りを歩いて、夜通し開けている店で人形焼を買ったかな。

（『黄金の街』）

泣き虫で金魚すくひの名人で

75

小学校に入る前は泣き虫だった。一つ下の弟と喧嘩すると、兄のほうがすぐに泣いてしまう。

小学校では、クラスの悪友から手ほどきを受けて、金魚すくいが得意になった。すくう道具はモナカの皮と和紙があるが、和紙を選ぶ。それを水に漬けないことが大事で、水面に浮かんできた金魚を、針金に引っ掛けるようにして素早くすくう。そして濡れた和紙は、持ち手でクルクル回して乾かす。そうすると何匹でもすくえて、テキヤのお兄さんに嫌な顔をされたこともある。

（『黄金の街』）

友老いて提灯持てり秋祭

76

私の生まれ育ったのは東京都下の吉祥寺で、秋には八幡宮の例大祭がある。小学校の高学年になると子供神輿を担がせてもらえるのが嬉しかった。

あるとき吉祥寺に行くと、たまたま祭の日で、ちょうど子供神輿に出くわした。愕然としたのは、少子化のために女の子の方が多く、担がずに手で持っている子もいる。そこで提灯を持って先導しているのが、小学校時代の旧友だった。淋しい神輿をなんとか盛り上げようとしているのが哀しくて、声をかけられなかった。

（『黄金の街』）

弟和夫逝く

夏月和厚信士享年五十三

77

厳密には無季かもしれないが、戒名の「夏月」が季語のつもりである。弟はビジネス書の翻訳をしていた。とくに『ディズニー7つの法則』は三十万部を超える大ヒット作で、これは兄の目にも最高傑作だと思う。トム・ピーターズのシリーズもロングセラーになった。

遺作は『奇跡の企業ロンガバーガー物語』で、最後に会ったとき、その最終校正をしていたように思う。私が、自分の本の校正は苦手だというと、「俺は校正しているときがいちばん楽しいけどな」といっていた。

（『黄金の街』）

なきがらの横にビールを注いでをり

78

弟の死因は自殺である。部屋に入院の仕度をした鞄が残されていて、中に二十万円の現金も入っていた。なにか不治の病だったのか。心当たりの医者や病院を当たってみたが、入院に関する情報はついに得られなかった。

その頃なにかと忙しくて、二人でゆっくりと飲むような機会がなかった。もしそういう機会を作っていたら、弟の悩みを聞けたかもしれない。そんな思いで、しばらく遺体の横に座り、弟に注ぎながらビールを飲んでいた。自分のビールしか減らなかったけれど。

（『黄金の街』）

暑がりの弟の墓洗ひけり

79

弟は、とても暑がりだった。まだ学生の頃、弟の部屋に入っていったら全裸で昼寝していて、兄でもドキッとしたことがある。だから墓参りをするときは、水をふんだんに使って、念入りに墓を洗ってあげる。夏は缶ビールを供えるのも忘れないようにする。

実際には仁平家の墓で、そこには父も祖父も祖母も入っているから（母もあとから入ってくる）、「弟の墓」というのは俳句的なフィクションである。これは弟が死んだ直後の句だから、弟が墓の主人公だった。

（『黄金の街』）

母ヨネ逝く

冬菊や遺体の母の乳固し

80

病院から母が危篤という電話を受けて、職場から車で駆けつけたが、十分ほどの差で臨終に間に合わなかった。私が着いたあと、遺体は霊安室に移されたが、女房が姉に電話をするというので部屋を出たとき、ふと母の乳房をさわってみたのである。

私は物心がついてから、母の乳房をさわった記憶がない。いつも弟がおっぱいを独占していたからだ。それで長年の望みを果たそうとしたのだが、私の手は、ただ板のような固い胸にふれただけだった。

（『黄金の街』）

骨壺に落葉のごとく集めらる

81

母が焼かれて窯から出てくると、骨を拾う儀式になる。「骨上げ」というらしい。火葬場の職員の指示に従って、二人の箸で一つの骨を拾い骨壺に入れる。大きい骨を拾い終わると、それで儀式は終わりだ。残った細かい骨は、職員が小さな箒で塵取りに掃き集め、骨壺に入れる。まるで落葉掃きみたいだな、と思った。

この句の場合、「落葉」は比喩だから、季語にならないという人がいる。私はそういう考え方に同意しない。母の骨はそのとき落葉だったのである。

（『黄金の街』）

弟と母相乗りで茄子の馬

82

母が逝ったのは、弟の一年後である。母は弟と暮らしていて、弟はずっと独身だった。兄から見て、早い話がマザコンだったたと思う。母の新盆のときは、二人して茄子の馬に乗ってきた。弟が手綱を持って、母はその後ろで弟を抱くように乗っていた気がする。

茄子は牛で、胡瓜が馬だという説もあり、馬で早く来てもらい、牛でゆっくり帰ってもらうのだという。だとすると、胡瓜で別々にやって来てこっちで再会し、茄子で一緒に帰っていったのだろうか。

（『黄金の街』）

追憶はおとなの遊び小鳥来る

83

じつはこの本を書き進めながら、しばしば追憶に浸っている。途中で読み返してみたら、やたら「子供の頃」という言葉が出てくる。読者は辟易しているだろうが、「おとなの遊び」なのだから仕方ない。

芭蕉に〈さまざまのこと思ひ出す桜かな〉という句があるが、たしかに花見をすると、過去の花見（の頃のできごと）を思い出すことがある。いや「桜」だけでなく、およそ季語には多かれ少なかれ、そういう効用があるのではないか。「小鳥来る」もまた然り。

（『黄金の街』）

立春の電車に座る席がない

84

これまでの句集のアンソロジーとして『仁平勝句集』を作り、そこに『黄金の街』以後の句を入れた。四季別の配列で、これはその一句目である。

池田澄子さんがその句集の解説で、〈先生のゐない銀座の夏柳〉の句（後述）と一緒に掲句を引いて、「なんだろう、この迷子のような心細さ、頼りなさは。席がなかったら立ってなさいよ、という問題ではない。風花くらいの軽さの一瞬の違和感、うろうろ感。」と書いている。私の本性が突かれているかもしれない。

（『仁平勝句集』）

はぐれたる羊のやうに雪残る

85

車窓から見えた山にすこし雪が残っていて、なにか動物の形をしていた。まわりの雪はみんな解けているのに、まるで群からはぐれた羊のように思えた。

ルカ伝の第十五章に「なんじらのうちたれか百匹の羊をもたんに、もしその一匹を失はば、九十九匹を野におき、往きて失せたるものを見いだすまではたづねざらんや」とある。福田恆存はこの一節を引いて、政治が九十九匹のためにあるなら、文学は一匹のためにあると述べた（「一匹と九十九匹と」）。俳句もそうだと思う。

（『仁平勝句集』）

献血の旗を倒して春一番

86

よく街角で献血車を止めて、献血を呼び掛けているのに出会う。たいてい旗を立てているが、その旗が春一番で倒されたのである。いうならば写生句だが、ほかにも倒れたものはあるわけで、そこから「献血の旗」を選ぶのは、「春一番」との取合せということになる。

二十代の頃、一度だけ献血したことがある。私はそれまで自分の血液型を知らず、みんながお前はA型だというので、その真偽を調べてみたのである。結果はやはりA型だった。なぜそう思われたのだろう。（『仁平勝句集』）

御代りにちりめんじやこを乗せくれし

87

少なくともこの十年は、ご飯のお代りなどしたことがない。だからこれは、たぶん句会の席題で作った句だ。どういう場面で、その相手が誰かということまでは考えていない。それは読者が想像すればいいことだ。

以前ある本で、ちりめんじゃこは栄養バランスがいいというのを読んで、続けて食べていたことがある。しらすとどう違うのかというと、乾燥度の違いらしい。ちなみにその本には、栄養的にはちりめんじゃこの方がいいと書いてあった。責任は持ちませんけど。（『仁平勝句集』）

いまに手放す風船を持ち歩く

88

春になると、公園などに風船売りが出る。または街の店で、販促品として配っていることもある。中に水素ガスが入っていて宙に浮かぶ。風船についた糸を持って、その手を放せば、空中に飛んで行ってしまう。それで泣いている子供をよく見かける。

でも、大人が販促品で貰ったりすると、そういつまでも持っているわけにいかない。どこかで手を放して、むしろ飛び去る風船を楽しんだりする。そういう風船の宿命を詠んだ句だ。

（『仁平勝句集』）

杏太郎逝く白南風の吹くころに

89

二〇一二年六月二十七日、師今井杏太郎が逝った。「魚座」の終刊後、私に句会をやれといい、メンバーは自分でさっさと決めて、少人数の句会を始めた。亡くなる前年の十二月の句会に、〈西へ行く船あり梅の散るころに〉という句が出て、「ころ」は杏太郎の常套句だから、誰もが先生の句だと分かった。しかし十二月に梅は散らない。

それきり先生は出席せず、思えば自身の寿命を予告した句だった。それよりは少し長生きしてくれたが、「白南風の吹くころ」に帰らぬ人となった。

（『仁平勝句集』）

先生のゐない銀座の夏柳

90

杏

太郎先生は銀座が好きだった。四丁目に「グラナータ」という行きつけのレストランがあり、そこで何度かポルチーニのグリルをご馳走になった。また、八丁目の「ニューアスコ」というバーを日曜日に借り切って、そこでよく「魚座」のカラオケ大会をした。「知床旅情」と「テネシーワルツ」が先生の十八番だった。

先の句会も、場所は六丁目の「喫茶室ルノアール」である。先生が亡くなったあと、その句会に向かう途中で、夏柳が所在なさそうに揺れていた。

（『仁平勝句集』）

はぐれたる蟻しばらくはわが膝に

91

昔からの言い伝えで、お盆に殺生してはいけないという。死んだ人が虫の姿で会いに来るからともいわれる。杏太郎先生の新盆の前後だったか、たまたま膝にのってきた蟻がいて、ひょっとして先生かな、と思った。心なしか、長く膝の上にいた気がする。

この句には〈はぐれたる蟻がしばらくわが膝に〉という別案があり、どっちにするか、なかなか決まらなかった。雑誌の締切が来たので、掲句のかたちで出したが、いまもどっちがいいのか確信がない。

（『仁平勝句集』）

夏物をしまふと秋のさびしさが

92

一般に俳人が嫌う季重なりであり、また、一般に俳人が重視する切れがない（句切れとは違いますよ）。「さびしさ」は言い過ぎだという人もいるだろう。そうしたタブーを、ことごとく破った一句である。
　虚子は切れのない句を好んだ。いわば連句における平句のかたちで、私は自分の虚子論で、それを「平句体」と名付けてみた。そして、俳句は発句ではないという持論を掲げて、自分でも好んで「平句体」の句を作る。杏太郎の俳句も、しばしば切れがない。

（『仁平勝句集』）

男湯のとなり女湯昼の虫

93

男湯の隣が女湯なのは当たり前、といわれそうだが、当たり前のことだって季語次第で俳句になる。温泉旅館で仲居さんから「こちらが男湯でとなりが女湯です」と説明を受けて、すぐ上五と中七ができた。ひとまず下五に「秋の昼」と置いてみるが、それでは芸がない。

「昼の虫」で、一句できたと思った。その虫の声は、男湯にも女湯にも聞こえて、それぞれ風情を楽しんでいるだろう。そんな想像を通して、「男湯のとなり女湯」は一つの情景として成立してくる。

（『仁平勝句集』）

大声で人を呼んでも秋の暮

94

「秋の暮」といえば淋しいと決まっている。新古今集に収められた寂蓮、西行、定家による「秋の夕暮」の歌が、いわゆる三夕の歌としてその情緒を決定づけた。季語の「秋の暮」は、それこそ三夕の歌の本歌取りといってもいい（したがって暮秋のことではない）。

この季語は下五に置くのが常道で、それだけで一句は淋しくなる。大声で人を呼んでも、その声は夕暮れの中に吸い込まれてしまって、相手に届かないような気がする。これはもう絶対的な孤独なのである。（『仁平勝句集』）

よきことを考へながら日向ぼこ

95

ストレート過ぎて芸がないかな、とも思うが、愛着のある一句だ。レトリックを駆使した俳句から出発した私としては、こういう句を評価されると嬉しい。

結社誌の時評で野村朴人という方が、「…病床に親しむことが多く、ともすれば残り少ない余生のことを思い煩うことになりがちで、日頃考えることも暗い方へ傾きがちになる。そのような中で掲句に出会い、救われたような気分になった。（後略）」（「獅子林」二〇一四年二月号）と書いてくれた。作者冥利に尽きる。

（『仁平勝句集』）

フルートに始まるボレロ年暮るる

96

ラヴェルの「ボレロ」は、管楽器がもっとも活躍する曲だろう。まずフルートに始まり、続いてクラリネット、ファゴット、オーボエ、トランペット、サクソホーンというふうに楽器が加わって、主旋律を引き継いでいく。誰の指揮だったか忘れたが、新しく加わる楽器が立ち上がって演奏するという演出で聴いたこともある。

年末というと「第九」が定番だが、「ボレロ」を聴くのもなかなかいい。あのどこまでも繰り返される旋律が、行く年の感慨に浸る心に寄り添ってくる。（『仁平勝句集』）

申しわけ程度に舞ひて獅子帰る

97

我が家はマンションだが、大家が地元の人で、とりあえず正月らしい体裁を整える。マンションの玄関に門松を立て、獅子舞も来る。大家が祝儀を出しているのだろう。玄関の前でひとしきり舞う。

笛太鼓の音が聞こえるので、マンションの住人が見物に集まる。たまたま家にいたときにその獅子舞が来て、女房は祝儀を持って見に行ったが、ほかは誰も祝儀を渡さないという。獅子のほうも、適当に舞って帰っていった。縁起物の風習もだんだん消えていく。（『仁平勝句集』）

ちり紙を落して拾ふ寒さかな

98

歩きながら鼻をかもうとして、つい手がすべってちり紙を落とした。べつに大事なものではないけれど、拾わなければ、道にゴミを捨てたことになる。仕方ないので腰をかがめて（年をとるとこれがつらいのです）、それを拾う。そのとき、「あ、寒いな」と思った。

冬は寒いのに決まっているから、ただ寒いといっても俳句にならない。「寒し」という季語を使うときは、それなりのシチュエーションが必要になる。つまり、そのつど選ばれた場面との取合せなのである。（『仁平勝句集』）

外は雪マタイ受難曲いま佳境

99

バッハの「マタイ受難曲」は、やはり歌詞を見ながら聴きたい曲である。ある雪の日、気分的になにも手につかないので、そうやって「マタイ受難曲」を聴いていた。この「佳境」は、イエスが捕らえられた後、二重唱のアリアから合唱に入るあたりだったろうか。

「外は雪」というような上五は、たぶん例がない。たんに「雪」と「マタイ受難曲」の取合せではなく（取合せならツキ過ぎといわれるかな）、そのときの実感をリアルに表現してみたのである。

（『仁平勝句集』）

手袋をして手を出して歩きけり

100

ポケットに手を入れて歩くと、女房が手を出して歩けという。十年ほど前、駅の階段で転んで大怪我をしたことがある。左上腕骨が八つに砕けた粉砕骨折で、手術に六時間かかった。また転ぶと危ないからといわれると、反論できない。手袋も必ず持たせられる。

着物なら懐手ということになるが、ポケットに手を入れていないと、どうも落ち着かない。私だけの癖でもないと思うけれど、転びやすい老人の域に入ってきたし、ちゃんと手を出して歩くようにしている。

（『仁平勝句集』）

俳句を作る上で大切にしていること

五七五のリズムのこと

私は自己流で俳句を始めたこともあって、いろいろな俳句を作ってきた。そこで何をいちばん大切にしたかというと、当たり前のことだけれど、五七五のリズムです。俳句とは、五七五の音数律による定型詩である。これが俳句という詩型の定義であり、五七五の定型がなければ、たんに短い詩でしかない。五七五の定型というばあい、もちろん字余り、字足らず、破調といったバリエーションも含まれます。
俳句は韻文だから、散文とは違う文体でないといけない、という人がいる。たとえば切字の「や」を用いたり、動詞を省略したりして、散文脈を断ち切ることが重視される。でも私にいわせれば、韻文というのは、べつに文体とは関係ない。韻文とは、韻律のある文のことであり、そして韻律は、音の強弱、高低、長短などで作られる。押韻も重要な技法だ。ただし日本の韻律は、西洋の詩とかと違って、基本的に音数律によるものだ。だから日本の定型詩は、短歌なら五七五七七、俳句は五七五という音数律の定型によって韻文なのです。

街灯は夜霧に濡れるためにある　渡辺白泉
春雨は海のさびしいころに降る　今井杏太郎

たとえばこれらの句は、文体としては散文と変わらないが、五七五の音数律によって「詩」になっている。意味を伝えるだけなら、それぞれ〈夜霧に濡れるために街灯はある〉〈海のさびしいころに春雨は降る〉と語順を変えてもいい。でもそれでは俳句という「詩」にならない。ではなぜ、五七五という音数律から「詩」が生まれるのか。それを論じると話は長くなるので、いま端的にいえば、言葉が音数律のリズムに乗ることで、そこに伝達機能とは別の要素が生まれてくるからだ。

引き合いに出した二句には、それぞれ句またがりがある。一句目では「濡れるために」、二句目では「さびしいころに」というフレーズが、中七と下五にまたがっている。そうすると五七五のリズムによって、「ためにある」「ころに降る」という下五の前で、無意識の小休止が入る。本篇では〈暗くなるまで夕焼を見てゐたり〉の自解（105ページ）で触れているが、このことも「伝達機能とは別の要素」を生む仕掛けの一つです。

本篇で採り上げた句には、圧倒的に句またがりが多い。これは自分でも、あらためて気づいたことです。もう少しいうと、破調すれすれの句またがりが好きだ。本篇以外の句をいくつか挙げてみます。

何が悲しくて青野に石投ぐる

水打たれたる汁粉屋に入りけり
秋の蚊に吸はれて平和だと思ふ
寒林のどこからも狙はれてゐる

一句目と二句目は上五と中七の句またがり、三句目と四句目は中七と下五の句またがりです。また、一句目と四句目はきわめて破調に近い。句またがりと破調の違いは、私なりの説を本篇で述べておいたが、ようは意味とリズムのどちらが強いかで決まってくる。私にとって五七五のリズムを大切にするということは、ほかでもない、五七五のさまざまなバリエーションを試みることなのです。

平句体のこと

五七五という俳句の形式は、五七五七七という和歌の上句《かみのく》が独立したもので、連歌および俳諧の発句が母体になっている。発句では、一句の切れが重視され、「や」「かな」「けり」といった切字は、その切れを生むための手法である。

念のために確認しておくと、切れというのは、五七五の句末で一句が切れることだ。これを句切れ（句中の切れ）と混同している人もいるが、芭蕉が「歌は三十一字にて切れ、発句は十七字にて切るる」（『去来抄』）というように、発句で重視されていた切れは、句切れのことではない。発句の切れは、もともと和歌の上句であった五七五が、続く七七から自立するために必要だった。五七五のあとで切れることで、五七五の発句と七七の脇句に分かれたわけだ。このことを頭に入れておいてください。

さて、ここからが私の俳句観になるが、五七五の音数律としては、発句だけでなく平句もある。いちおう説明しておくと、平句というのは連歌（連句）の言葉で、発句、脇句、第三（三句目）、挙句（最後の句）以外の句のことだ。連歌（連句）は五七五と七七を交互に付けていくが、五七五を長句、七七を短句という。つまり平句の長句も、やはり五七五なのです。そして平句には、切れ（切字）がない。切れたら付け合いの運びが滞ってしまうからだ。

虚子は、そういう切れのない句も好んで作った。〈焚火してくれる情に当りもし〉

〈梅雨傘をさげて丸ビル通り抜け〉〈崖ぞひの暗き小部屋が涼しくて〉〈婦長来て瓶の桜をなほし行き〉など、あきらかに切れを避けている。本篇の〈夏物をしまふと秋のさびしさが〉の自解（187ページ）にも書いたが、私はそれを「平句体」と呼んで、自分でも好んで作る。これも本篇に採り上げた以外の句を挙げておきます。

靖国の暑いの暑くないのつて
初夏の洗ひ足りないところとは
面倒なことは秋思といふことに

あらためて私の俳句観をいえば、俳句は発句と違って脇句がないのだから、べつに切れがなくてもいいのではないか。だんだんそう考えるようになった。なぜなら五七五の定型は、もはや切れを必要としないほど成熟していると思うからだ。げんに虚子を始めとして、発句的な切れを持たない俳句はたくさん作られている。

ちなみに虚子は、「俳句に志す人の為に」という文章で、「切字といふことを昔は大変やかましくいつてゐましたが、それ程やかましくいふ必要はありません。要するに終止言若しくはそれに代る言葉が一句のうちに一つあればよいといふことであります」と述べている。私は虚子の尻馬に乗った。それは、発句的な安定からいくぶん外れるところに、むしろ五七五のリズムが生きてくるように思うからだ。

俳句的喩のこと

〈数へ日のどこに床屋を入れようか〉の自解（113ページ）で書いたように、俳句的喩というものを考えている。その自解では、「日常ごく普通に使われている言葉が、俳句という定型に収められると、ある比喩的な効果が生まれる」と書いたが、ではなぜそういう効果が生まれるのか。うまく伝えられるかどうかわからないが、具体的な例を挙げながら説明してみます。

まず、先に引いた〈靖国の暑いの暑くないのつて〉という句がその例になる。靖国神社に行ったとき、とても暑かった。その暑さを人に伝えるのに、「靖国の暑いの暑くないのって」ということがある。そのばあい、言葉には伝達機能しかない。これが小説なら、せいぜい会話の一部（つまりディテール）だろう。けれども俳句は、いうならばディテールがそのまま作品のすべてになる。となると言葉の機能は、そこで必然的に増幅されてくる。読者はそれを、作品全体の表現として受け取るからだ。そして「暑いの暑くないのつて」という作品の言葉は、靖国神社が持つ特別な意味合いと呼応して、たんに気候の暑さを伝えるだけでなくなってくる（と思う）。

またば、これも先に引いた〈初夏の洗ひ足りないところとは〉を例にしてもいい。じつはこの句には「いつも返事に困る」という前書がある。床屋に行って洗髪をしてもらうとき、必ず「洗い足りないところはございませんか」と訊かれる。そんなことは床屋に任せているのに、なぜいちいちそう聞くのだろう。そういうちょっとした違和感があって、その言葉を一句にしてみた。そこに「初夏の」をつけて、句末を疑問ふうにすると、「洗ひ足りないところ」が比喩に転化する（と思う）。初夏という季節には、私の知らないどこかに「洗ひ足りないところ」があるのかもしれない。

俳句的喩には、それが何の比喩かという明確なものはない。明確にしてしまうと俳句にならない。きわめて漠然としたものだが、その言葉がもとの意味からすこし離れてくる。そこに生じるある種の喩的効果を、俳句的喩と呼んでみたのです。作者のそうした仕掛けに、読者がうまく応じてくれるかどうかはわからないけれど。

いま引き合いに出した例には、上五に格助詞「の」がある。思うにその「の」が、言葉を俳句的喩へ向かわせる契機になっている。私はこれを「万能の『の』」と呼んでいるが、散文で使うと誤用になりかねない「の」が、俳句では可能になる。それは五七五という定型の区切りが、いわば意味の補償作用として働くからだ。

たとえば本篇で採り上げた〈立春の電車に座る席がない〉の、「立春の電車」なども そういう「の」に当たる。「大晦日の電車」とか「元日の電車」とはいうけれど、たまたま立春の日に乗った電車をふつう「立春の電車」とはいわない。そこに俳句的喩が入り込んでくる。いいかえれば、ただの電車が想像力のなかですこしその様相を変える。

*

ここまでどちらかというと、おもに技法的なことを述べてきたが、私が俳句の題材として大切にしているのは、日常のごく些細なものごとである。言葉を尽くして説明しようとすれば、どこか嘘っぽくなる他愛ない感動、ちょっとした違和感、あるいは言葉の面白さ。俳句にしなければじきに消えてしまう感情が、五七五の音数律によって「詩」になる。そこに俳句という詩型の意義があるように思う。

この本のタイトルは「ベスト一〇〇」となっているが、採り上げたのは字義通りにベストの一〇〇句というわけではない。とりわけ作者の思いが強い句とか、自身の俳句観が伝わるような句を選んでみた。採り上げる句の順序は、基本的にそれぞれの句集の配置に従っているが、話の流れでその順序を変えたものもある。

それと、「自句自解」というタイトルなのに、他の人の解釈なり鑑賞がけっこう引用されている。それはほかでもない、俳句の価値は読者の読み方で決まるからだ。句会というのは、そのための優れたシステムだと思う。ちなみにロラン・バルトは「作者は死んだ」といい、作品の内容は作者でなく読者が決めるのだと説いた。だとすれば俳句は、いわゆる座の文芸として、もうとっくにポスト・モダンの文学なのです。

初句索引

あ行

か行

さ行

た行

著者略歴

仁平 勝（にひら・まさる）

1949年、東京都生まれ。著書に、句集『花盗人』『東京物語』『黄金の街』、評論集『詩的ナショナリズム』『虚子の近代』『秋の暮』『俳句が文学になるとき』（サントリー学芸賞）『俳句のモダン』（山本健吉文学賞）『加藤郁乎論』『俳句の射程』（加藤郁乎賞、俳人協会評論賞）『虚子の読み方』『露地裏の散歩者』、俳句入門書『俳句をつくろう』、アンソロジー『セレクション俳人・仁平勝集』『現代俳句文庫・仁平勝句集』、野球エッセイ『江川卓の抵抗と挑戦』。

現住所　〒331-0812　さいたま市北区宮原町3-41-1
シャルマン6-402

発行　二〇一八年六月一五日　初版発行
著者　仁平　勝　©2018 Masaru Nihira
発行人　山岡喜美子
発行所　ふらんす堂
〒182-0002　東京都調布市仙川町一―一五―三八―2F
TEL（〇三）三三二六―九〇六一　FAX（〇三）三三二六―六九一九

シリーズ自句自解Ⅱベスト100　**仁平　勝**

URL http://furansudo.com/　E-mail info@furansudo.com
振替　〇〇一七〇―一―一八四一七三
装丁　和　兎
印刷所　日本ハイコム㈱
製本所　三修紙工㈱
定価＝本体一五〇〇円＋税
ISBN978-4-7814-1070-8 C0095 ¥1500E

シリーズ自句自解Ⅱ　ベスト100

第一回配本　後藤比奈夫
第二回配本　名村早智子
第三回配本　和田悟朗
第四回配本　大牧　広
第五回配本　武藤紀子
第五回配本　菅　美緒

以下続刊